Tahissia, la faée renégate

Une histoire d'Énora...

DE LA MÊME AUTEURE :

Le cycle d'Énora *(pour adultes et jeunes adultes à partir de 16 ans)*

Livre 1 : Quatre années sur Énora 1
Livre 2 : Quatre années sur Énora 2
Livre 3 : Le temps des réformes
Livre 4 : Retour à Halstronar
Livre 5 : À la recherche d'Arcania
Livre 6 : Le retour de l'empire

Histoires d'Énora *(se lisent indépendamment)*

Yness de Radek, la faée sans pouvoirs (nouvelle)
Ce titre est accessible dès 11/12 ans
Au temps des seigneurs-guerriers (roman)
Nouvelles d'Énora (recueil de nouvelles)
Les vertes prairies de Bahrène (roman)
Les pérégrinations de la faée Anaïka (roman)
Ces quatre titres sont pour adultes et jeunes adultes à partir de 16 ans
La sagesse de Mériadec (roman) *À partir de 14 ans*

Autres nouvelles diverses

La nuit de Sam'Heen dans la revue Gandahar n° 20
Le voilier d'Arvor et quatre poèmes, dans l'anthologie Son bateau ivre (publiée par un collectif d'auteurs)
Le règne des mycètes dans la revue Gandahar n° 23
Le syndrome des abysses dans L'Indé Panda n° 11
13 bis rue des Acacias dans L'Indé Panda n° 12
L'enfance de la faée Tahissia dans Les contes sans âge aux éditions French Flowers

Catherine Lamour

Tahissia, la faée renégate

Une histoire d'Énora...

Couverture et carte : Catherine Lamour

ISBN : 978-2-9567290-8-2

↑ Vers les Terres glacées du nord
Terres sauvages
N
0 100 200 300
krams
NORD
Gwendir
Aiguebelle
Radek
Serrière
Tadéo
Madassa
Ossian
Chama
Garégan
PARISTAN
Gwern
Tiziano
Martio
Gerda
Hautecombe
MADISTAN
Stéra
Ile Keller
Halstronar
Farstaff
Ystava
OCÉAN
Parlano
Bahrène
NALIMASTAN
Légende
MONTAGNES NOIRES
ZONE DES COLLINES
FRONTIÈRES
Montferrand
VÉLÈNE
LE CONTINENT ÉNORIEN
Caromane

Petit lexique énorien :

Bernes : grands volatiles gris ou blancs ressemblant un peu à nos oies, sauvages ou domestiqués, se nourrissant de poissons, grenouilles, vers et insectes. On utilise leur duvet dans les oreillers et leurs plumes pour écrire.
Kram : unité de distance sur la planète Énora.
Ocaps : montures utilisées par les Énoriens, ressemblant un peu à nos chevaux ou à nos ânes. Très nerveux et peureux, ils ont de longues oreilles et de grands yeux. Généralement de couleur marron clair ou crème, avec des bandes brunes ou marron foncé sur l'arrière-train.
Décade : unité de temps sur Énora : dix jours.
Cicare : rapace énorien se nourrissant de rongeurs.
Carve : oiseau énorien au plumage noir et au cri strident.
Argal : sorte de mouton énorien aux cornes enroulées.
Cabires : sorte de petites chèvres à poil court, élevées pour leur chair et leur lait, car elles sont faciles à traire.
Téfou : céréale énorienne dont on fait de la farine.
Raste : oiseau marin blanc nichant sur les falaises.
Goar : oiseau de mer noir qui pèche en plongeant.
Liotyle : plante dont les fibres servent à la fabrication de tissus, cordes, parchemins, voiles de bateau…
Gazor : insecte noir très poilu, vivant en colonies et produisant un miel très apprécié sur la planète Énora.

Pour plus d'informations sur Énora ou pour vous procurer mes autres ouvrages, rendez-vous sur mon site Internet :
www.catherinelamourauteure.com
Vous pouvez également consulter ma page Facebook :
www.facebook.com/Catherine.Lamour.auteure.Enora/
ou me contacter sur ma boite mail :
catherine.lamour.auteure.enora@orange.fr

1

Le cœur et les yeux gonflés par le désespoir, Estébane regardait par la fenêtre de sa chambre les dernières lueurs du soleil disparaitre à l'horizon, tandis que l'obscurité envahissait les jardins du palais royal de Caromane. Une odeur de terre mouillée montait jusqu'à lui, mêlée à la senteur iodée de l'air marin. L'océan roulait de grandes vagues, qui déferlaient avec un bruit sourd sur la plage voisine. Dans la cheminée, le feu de bois sommeillait et maintenait une douce température. Excepté la faible lueur des braises encore rouges sous la cendre, la pièce plongeait déjà dans la pénombre.

Il referma les vitres, tira les rideaux de lourd drap de laine et se retourna pour contempler ses demi-sœurs, Anelise et Emma. Assommées par le chagrin, blotties dans les bras l'une de l'autre, elles avaient fini par sombrer dans le sommeil sur le lit du jeune homme, qui n'avait pas eu le courage de les réveiller pour les renvoyer dans leur chambre. Elles n'avaient que deux et cinq ans, et pour elles la journée avait été encore plus épuisante que pour lui.

Cet après-midi s'était déroulée la cérémonie d'obsèques de leurs parents. Comme le voulait la tradition énorienne, la barque funéraire contenant les dépouilles de Cléon, le roi du Vélène, et de son épouse Alya avait été tirée au large. Estébane avait lui-même allumé le bucher, avant de rejoindre, à bord du voilier royal, les nobles vélèniens et ses deux sœurs en larmes. Ensemble, ils avaient contemplé les flammes du bucher jusqu'à ce que les derniers brandons aient sombré dans l'océan.

C'est alors que la pluie s'était mise à tomber. Il avait fallu que le capitaine le rappelle discrètement à ses obligations pour qu'Estébane donne le signal du retour au port. Le décès brutal de Cléon et d'Alya faisait désormais de lui le roi du Vélène et le tuteur d'Anelise et d'Emma, mais à dix-huit ans il ne se sentait pas prêt à assumer une telle responsabilité.

Avec un soupir, il s'approcha de l'âtre et tisonna le feu, faisant jaillir des flammèches qui s'envolèrent dans le conduit. Machinalement, il rajouta du bois et se perdit dans la contemplation des flammes et dans ses souvenirs.

Après un hiver particulièrement enneigé et pluvieux, la fonte des neiges, cumulée au dégel des ruisseaux, avait gonflé plus que d'habitude les rivières, déjà hautes à l'arrivée du printemps. Lorsque la nouvelle d'un glissement de terrain ayant partiellement détruit le village de Nomion, au nord-ouest de Caromane, était parvenue au palais, les souverains, Cléon et Alya, depuis toujours très proches de leurs sujets, n'avaient pas hésité à se rendre sur place avec une escouade de soldats et d'ouvriers : il y avait dans la région de Nomion des Véléniens à secourir, à nourrir, à reloger, et peut-être des mesures à prendre pour éviter qu'une telle catastrophe ne se reproduise. Ils s'y employèrent avec leur énergie habituelle pendant toute une décade.

Le drame se produisit durant leur retour. Laissant la majorité de leurs hommes terminer le travail sur place, Cléon, Alya et les conseillers royaux reprirent le chemin de la capitale dont ils ne voulaient pas rester trop longtemps absents. Mais les pluies et les crues avaient fragilisé les piles du pont permettant de franchir la rivière Tabarka, et ce dernier s'effondra lors de leur passage. Le roi, la reine, trois ministres et deux soldats furent emportés par les eaux tumultueuses. Seuls deux soldats, ayant traversé le pont en avant-garde, échappèrent au dramatique accident. Le courant fracassa les corps contre les rochers et la Tabarka en furie ne rendit que des cadavres.

Estébane prit un boutefeu dans le pot en terre se trouvant à côté de l'âtre, le plongea dans les flammes et alluma les lampes à huile qui diffusèrent immédiatement une douce lumière tamisée dans la chambre. La chevelure des deux fillettes, étalée sur l'oreiller, formait comme une corole blonde autour de leurs petits visages chiffonnés.

Cette teinte était rare chez les Énoriens, plus couramment bruns, Estébane lui-même avait des cheveux châtain foncé. Anelise et Emma tenaient cette couleur claire de leur mère Alya et, en les regardant, les pensées du jeune homme dérivèrent vers la défunte reine.

Il avait sept ans quand sa propre mère, Élorie, était morte en tentant de mettre au monde un enfant qui n'avait pas survécu, et onze ans quand son père s'était remarié avec une cousine éloignée du roi du Madistan. Alya était une femme douce qui avait vite su se faire aimer de ce gamin un peu solitaire.

Estébane laissa défiler ses souvenirs : Alya dansant avec Cléon lors des bals de la cour et l'autorisant à y assister, discrètement caché dans l'escalier. Alya lui présentant Anelise qui venait de naitre, Alya l'aidant à déchiffrer un texte difficile...

Il se rappela les nombreuses fois où elle avait insisté auprès de Cléon pour qu'il demande à l'ordre de Radek de leur envoyer une instructrice faée pour lui, et plus tard pour leurs filles. Comme toute la famille royale madistanaise, elle estimait énormément les faées, ces femmes libres, éducatrices, guerrières, guérisseuses, qu'on disait dotées de pouvoirs étranges et qui vivaient entre elles sur une ile, loin dans le nord-ouest du continent énorien. Cléon avait toujours temporisé...

Et soudain, comme si Alya lui avait transmis un message, le jeune homme sut ce qu'il devait faire ! Il s'installa à son bureau, monta la mèche de la lampe, prit une plume de berne, de l'encre, un parchemin, et commença à écrire. S'efforçant de se montrer le plus convaincant possible il n'hésita pas à ouvrir son cœur. Il fallait à ses petites sœurs une seconde mère qui sache prendre soin d'elles et les élever, et lui-même avait grand besoin d'une conseillère avisée pour le guider dans la conduite du royaume. Une formatrice faée saurait jouer ce double rôle !

Dès l'aube, alors qu'une brume légère s'élevait encore du sol humide, une petite troupe armée commandée par Adriano, celui des trois conseillers encore vivants de son père en qui Estébane avait le plus confiance, quitta Caromane pour se rendre à Radek, la mystérieuse ile des mères faées.

La cinquantaine, les cheveux roux grisonnants, des yeux bruns enfoncés dans leurs orbites, Adriano affichait une autorité naturelle qui inspirait instantanément la confiance. Sa carrure d'athlète et son corps puissant semblaient plus faits pour le combat que pour siéger dans un conseil des ministres, et de fait il était également le maitre d'arme du jeune roi et le chef des armées vélèniennes. C'est à lui qu'Estébane confia sa missive.

À vol d'oiseau, deux-mille-deux-cent-cinquante krams séparaient Caromane de Radek, mais il leur faudrait traverser la zone des collines prolongeant les Montagnes Noires et trouver un bateau pour atteindre l'ile.

De plus, il ne servirait à rien de forcer l'allure sur un aussi long trajet ; les ocaps, montures élégantes, dociles et agréables, exigeaient que l'on ménage leurs pattes fines et relativement fragiles. Estébane n'espérait donc pas voir revenir Adriano et ses hommes avant cinq décades, c'est à dire au début de l'été.

Heureusement le printemps s'installait et les conditions climatiques leur seraient favorables. Il restait à souhaiter qu'ils ne fassent pas de mauvaises rencontres...

2

Comme il s'y attendait, Adriano ne fut pas autorisé à se rendre avec ses hommes sur l'ile des faées. Son escorte dut l'attendre à Serrière, où il embarqua sur un voilier sentant le sel, les algues et le poisson, qui l'emmena jusqu'à Radek. L'océan moutonnait, ses grosses vagues vertes se frangeaient d'écume et l'air marin lui sembla beaucoup plus iodé qu'à Caromane. Dans le ciel gris, les nombreux oiseaux qui tournoyaient au-dessus du bateau poussaient des cris perçants.

En approchant de l'ile, Adriano fut prié de ne pas sortir de sa cabine d'où il ne pouvait voir l'extérieur, et une femme assez forte, d'allure renfrognée et vêtue d'une robe blanche, dont le bas ne lui parut pas très propre, vint le voir une fois le navire à quai. Elle portait une pierre verte sur son front, maintenue par un lien de cuir fauve, et Adriano eut du mal à ne pas fixer sur sa joue une excroissance de chair brunâtre hérissée de poils noirs qui attirait irrésistiblement son regard.

Elle l'écouta en silence, prit le courrier cacheté portant le sceau des rois du Vélène qu'il lui tendit, et lui enjoignit de regagner le continent et d'attendre à « L'Océan », la taverne du port, le résultat des délibérations du grand conseil faé. Adriano ne put qu'obtempérer, même s'il estimait que le messager de l'un des cinq rois énoriens aurait mérité plus de considération. Il s'installa donc à « L'Océan » avec ses hommes.

La réponse fut longue à venir. Mahalia, la mère supérieure de l'ordre de Radek lut attentivement la missive d'Estébane, tout en tournicotant entre ses doigts une mèche de son opulente chevelure auburn. Neuf ans plus tôt et à seulement vingt-quatre ans, elle avait succédé à mère Dariana suite au décès brutal de cette dernière, devenant ainsi une des plus jeunes mères supérieures. Cela la rendait prudente et circonspecte quand il s'agissait de prendre des décisions importantes, et elle respectait scrupuleusement les grands principes faés.

Aussi convoqua-t-elle le grand conseil pour examiner la demande du jeune prince. Les dix mères le composant décidèrent d'y réagir favorablement, mais aucune d'entre elles ne se proposa pour se rendre à Caromane : maintenant qu'elles avaient atteint une position dirigeante dans l'ordre, elles ne souhaitaient pas la remettre en cause en quittant Radck. L'ensemble des mères, puis des sœurs furent donc informées de la teneur de la lettre du jeune roi et Mahalia demanda des volontaires, parmi lesquelles elle désignerait la future formatrice des princesses vélèniennes.

Elles furent rares. L'une d'elle était une mère d'une soixantaine d'années dont Mahalia rejeta aussitôt la candidature vu sa santé fragile. La mère supérieure jugea la deuxième, une toute jeune sœur de dix-huit ans nommée Aurone, encore trop novice pour cette tâche. La troisième, une sœur de vingt ans, s'appelait Tahissia.

Il émanait de Tahissia une grande vitalité et elle était extrêmement séduisante, mais comme les faées n'attachaient pas une grande importance à la beauté, personne ne le lui avait jamais dit et elle n'en avait pas conscience. Ses cheveux bruns bouclés tombaient en cascade sur ses épaules, retenus par un bandeau de cuir fauve où était incrustée une pierre bleue, symbole de son rang de sœur dans l'ordre faé. Son corps, svelte et musclé comme celui de la plupart des faées, montrait toutefois des rondeurs très féminines et dans son visage aux traits fins, l'acuité de son regard attirait immédiatement l'attention sur ses yeux bleu clair, frangés de longs cils bruns.

La lettre d'Estébane l'émut fortement quand Mahalia leur en fit la lecture dans le grand réfectoire où toutes les faées étaient réunies. La détresse de ce jeune roi et l'affection qu'il semblait porter à ses demi-sœurs orphelines la touchèrent. Avec ses perceptions faées aiguisées, elle devina en lui un être sensible, méritant largement d'être aidé comme il en faisait la demande. Les termes qu'il employait lui donnèrent envie de mieux connaitre ces deux petites filles qu'il décrivait si bien et auxquelles il semblait si attaché.

Mais surtout, elle vit là une occasion inespérée de visiter le continent énorien, qu'il lui faudrait traverser du nord-ouest au sud-est pour atteindre Caromane, la capitale du Vélène. Dotée d'un tempérament curieux et aventureux, elle se sentait souvent à l'étroit au centre faé, et sa nature bouillonnante s'accommodait mal de la perspective d'y passer toute sa vie. Découvrir un nouveau pays certainement très différent de la sauvage et septentrionale ile où elle était née la tentait fortement, contrairement à la plupart de ses compagnes qui n'avaient aucun désir de quitter Radek.

Certes, ce voyage risquait de retarder le moment de son admission comme mère, à moins qu'elle ne rencontre à Caromane un homme capable d'engendrer une petite faée. Dans ce cas elle serait obligée de revenir faire un séjour à Radek pour y recevoir son initiation et y laisser sa fille.

Elle avait adoré ses deux précédents voyages sur le continent en tant que faée-guerrière accompagnatrice de caravane, mais ils ne lui avaient pas permis de trouver un tel partenaire ; les mâles dotés des gènes que les faées recherchaient pour perpétuer leur ordre étaient rares.

Après beaucoup d'hésitations, Mahalia finit par accepter de laisser Tahissia partir avec la délégation vélènienne. Elle aurait préféré envoyer à Caromane une femme plus expérimentée, mais aucune ne le souhaitait et elle ne pouvait obliger une faée à partir contre sa volonté. Elle s'entretint donc longuement avec la jeune fille, lui martelant les consignes strictes liées à son rôle de formatrice et de conseillère royale, lui rappelant qu'elle devait garder ses distances avec le roi et ses conseillers, et la mettant en garde contre les perversions qu'elle ne manquerait pas de rencontrer dans cette cour étrangère où les hommes seraient nombreux. Puis Tahissia fit ses bagages et se prépara à quitter pour de longues années l'ile qui l'avait vue grandir.

3

Quand Adriano vit Tahissia débarquer avec son maigre paquetage à l'auberge de Serrière où il rongeait son frein depuis presque une décade, il s'étonna : comme elle semblait jeune ! Mais il avait acquis un grand discernement durant les trente années passées à conseiller d'abord le père de Cléon, puis Cléon lui-même, et il décida de réserver son jugement.

Elle eut un sourire radieux en voyant l'ocap qui lui était destiné et le caressa immédiatement. Bien, elle appréciait l'animal qu'il lui avait choisi comme monture... Il détailla sa tenue, simple et fonctionnelle, adaptée au long trajet qui les attendait : un pantalon de monte, sous une jupe à pans de couleur brune n'entravant pas les mouvements, une cape également brune, un bandeau pour maintenir ses cheveux et des armes. Pourvu qu'elle sache s'en servir !

Il eut bientôt une réponse à cette interrogation... En quittant Serrière, ils n'empruntèrent pas la route des caravanes qui leur aurait fait faire un détour, et coupèrent à travers une région sauvage du nord-est du royaume du Paristan. Les forêts de résineux à l'odeur entêtante y alternaient avec des landes arides où se dressaient d'énormes blocs de rochers.

Malgré le printemps, les températures restaient fraiches et des nuages échevelés couraient dans le ciel pâle, poussés par un petit vent d'ouest. Les seuls bruits provenaient des sabots des ocaps martelant les rochers, des piaulements des cicares qui planaient par couple dans le ciel en guettant leurs proies, et des cris caverneux des carves, noirs comme la suie, qui s'envolaient en croassant à leur passage.

Une nuit, alors qu'ils s'étaient installés pour bivouaquer dans une zone rocheuse proche d'un bois, ils furent attaqués par une bande de brigands, sans doute des détrousseurs de caravane s'étant repliés dans ce coin désert entre deux attaques. Les épais nuages occultant la lueur des deux lunes facilitèrent l'approche des bandits. Un des hommes de garde fut grièvement blessé et le second plus légèrement, mais tous réagirent immédiatement et Tahissia prouva sa valeur au combat à l'épée et son habileté au lancer de couteau.

Les assaillants furent rapidement défaits et les survivants s'enfuirent sans demander leur reste. Adriano exulta. Il avait avec lui une combattante hors pair. Il se réjouit encore plus de sa présence lorsqu'elle soigna les blessures de ses hommes. Il avait entendu vanter – sans vraiment y croire – les qualités des guérisseuses faées et la regarda faire avec curiosité : la jeune femme était habile et dans les jours suivants Adriano trouva un peu magique la rapidité avec laquelle les deux hommes se remirent.

Le vieux guerrier ne fit aucune remarque, mais dès lors il fut entièrement conquis par cette jeune faée brune et enjouée, pour qui il ressentait de plus en plus d'affection. La jeune fille ne se plaignait jamais, faisait sans rechigner sa part de travail au campement, se montra excellente archère lorsqu'ils eurent besoin de chasser, était agréable avec les soldats et égaya le long et monotone trajet qui leur fit traverser le Paristan en longeant les Montagnes Noires, en chantant d'une voix mélodieuse des ballades que tous reprenaient avec plaisir.

Elle ne connaissait que l'ile de Radek et les territoires ouest du royaume du Nord qui n'en différaient guère, et elle était ravie de découvrir de nouveaux paysages. Avide d'apprendre, elle interrogeait Adriano sur les animaux, les plantes, les coutumes des paysans, le climat... Et celui-ci lui répondait avec plaisir, amusé et séduit par sa curiosité, son intelligence et sa vitalité.

Après la traversée de la zone des collines et un nouvel affrontement victorieux avec un groupe de malfrats qui y guettaient les voyageurs, ils abordèrent les plaines du Nalimastan. Le royaume était célèbre dans tout le continent énorien pour la beauté de ses ocaps, et ils admirèrent les magnifiques troupeaux qui paissaient dans les prairies dont l'herbe grasse ondulait sous la légère brise printanière.

Les jeunes nés au tout début du printemps tétaient leurs mères. Leur pelage était encore uniformément marron clair ; ce n'est que lorsqu'ils grandiraient qu'apparaitraient sur leur arrière-train les bandes brunes plus foncées caractéristiques de leur espèce.

La saison des feuilles vertes était maintenant installée et, sous ces latitudes plus méridionales que Radek, l'approche de la saison chaude se faisait déjà sentir : les jours rallongeaient, les oiseaux chantaient à tue-tête et, dans les haies basses séparant les prés, les arbustes couverts de multiples fleurs embaumaient. Les voyageurs avaient relégué leurs épaisses capes imperméables dans leur paquetage et profitaient avec plaisir de la chaleur du soleil printanier.

Le Nalimastan était le plus petit pays du continent énorien, et même si la paix régnait à peu près depuis la signature du traité des cinq royaumes, exactement quatre-cent-soixante-sept ans auparavant, Adriano et son escadron se firent discrets pour traverser les terres du roi Gunnar, car ce dernier se montrait assez hostile envers ses voisins du nord et du sud, aux dépens desquels il aurait aimé étendre son territoire.

Chaque soir au bivouac, le vieux soldat s'isolait dorénavant avec Tahissia et lui parlait longuement de Caromane-la-Blanche, de la dynastie royale du Vélène, d'Anelise et Emma, les petites filles qu'elle serait chargée d'éduquer et d'Estébane, le roi qu'elle serait amenée à conseiller.

4

Jour après jour, ils approchaient de Caromane. L'été succéda au printemps. Les champs entourés de haies ou de murets de pierres blanches, où les paysans mettaient à paitre leurs troupeaux bêlants d'argals ou de cabires, récoltaient du foin et faisaient pousser du téfou, succédèrent aux grandes prairies dans lesquelles caracolaient les ocaps nalimastanais.

Des petits villages se cachaient au fond des combes. Les forêts de feuillus qu'ils traversaient étaient peu étendues et leurs sous-bois dégagés et clairs. La chaleur augmentait de jour en jour. Importunés par les insectes, les ocaps agitaient leurs longues oreilles duveteuses pour les chasser.

Caromane était une ville côtière et Tahissia sut qu'ils arriveraient bientôt quand elle vit des oiseaux marins, rastes et goars tournoyer dans le ciel bleu au-dessus de leurs têtes. Vivant sur une ile depuis son enfance et habituée à leurs sempiternels cris rauques ou stridents, elle fut heureuse de retrouver un univers sonore familier, mais en découvrant la capitale s'étendant au bord de l'océan, elle comprit que là s'arrêtait la comparaison.

À l'ouest du continent, dans l'ile où elle avait grandi, l'océan se fracassait sur une côte déchiquetée, formée de rochers sombres et acérés et de rares petites criques sableuses. Ici, les plages de sable blanc alternaient avec de hautes falaises également blanches.

Les maisons des villages de pêcheurs qui s'étageaient en terrasses depuis la côte, et celles de Caromane, construites dans cette même roche blanche, étaient basses, surmontées d'un toit plat où séchaient des filets, ou en tuiles ocre.

L'ensemble lui apparut riant et accueillant. Les voiliers, qui croisaient au large, et que Tahissia aperçut avant que leur petite troupe ne descende vers la cité, arboraient également des voiles blanches.

Comme Tahissia cherchait des yeux le palais royal, Adriano le lui désigna du doigt. Construit lui aussi en pierre blanche, il se trouvait au bord de l'océan. À peine plus élevé que le reste des constructions de la ville, il ne la dominait pas comme on aurait pu s'y attendre. Seules ses fines tourelles et l'élégance de ses balcons le distinguaient des maisons plus modestes qui se dressaient tout autour de lui. L'après-midi venait de commencer et le soleil estival illuminait d'une claire lumière orangée Caromane-la-Blanche, dont Tahissia admirative pensa qu'elle méritait amplement son surnom.

Il faisait chaud. Tous avaient quitté leurs vestes rembourrées et depuis plusieurs jours Tahissia ne portait plus sa jupe à pans par-dessus son pantalon. Pressés d'arriver, ils firent accélérer les ocaps pour atteindre la ville qu'ils traversèrent plus tranquillement.

Dans les rues animées, les Caromaniens, qui reconnaissaient des soldats royaux, les saluaient aimablement, leur souhaitant la bienvenue avec l'accent chantant caractéristique des populations du sud du continent énorien. Une légère brise soufflant de l'océan apportait avec elle des effluves d'algues et de sel.

La jeune fille se dit qu'elle allait aimer vivre dans cette cité claire et joyeuse, au climat doux et à la population souriante. Ce lieu était si différent de ce qu'elle avait toujours connu depuis sa naissance sur la rude ile de Radek ou même lors de ses deux voyages dans le royaume du Nord ! Elle se sentait toute joyeuse et pleine d'espérances lorsque la compagnie pénétra dans la vaste cour du palais.

Estébane se trouvait dans son bureau quand un garde vint lui annoncer le retour de l'expédition. Depuis presque une décade il s'impatientait, trouvant qu'Adriano mettait plus de temps que prévu, et il s'inquiétait pour ses hommes : les routes du continent énorien pouvaient être dangereuses et une attaque était toujours possible.

Il se précipita dans la cour du château et chercha du regard la mère faée dont il espérait tant la venue. Son cœur se serra en ne la voyant pas. Adriano avait échoué ! Les dirigeantes de l'ordre de Radek n'avaient pas accédé à sa demande ! Le chagrin et l'amertume l'envahirent et ce fut comme si le radieux soleil de ce début d'après-midi s'était soudainement voilé.

Son vieux conseiller s'avança vers lui et le salua avec un sourire joyeux qui sembla malvenu au jeune roi. Adriano aurait au moins pu se monter confus de n'avoir pas accompli sa mission !

— Bonjour, Adriano, lui dit-il d'un ton peu amène. Ainsi les faées ont refusé de m'envoyer une instructrice ?

— Mais non, Sire ! s'exclama le vieil homme. Laissez-moi vous présenter sœur Tahissia de Radek.

Une silhouette mince en tenue brune, qu'Estébane avait prise pour celle d'un jeune garde s'occupant de son ocap, se retourna à ces mots et s'avança vers lui. Estébane ressentit un nouveau choc. Il avait demandé une femme pouvant servir de mère à ses sœurs et capable de le conseiller efficacement. Était-ce par dérision que le grand conseil faé lui envoyait cette gamine ? Un refus aurait été moins humiliant que cette mauvaise plaisanterie.

Il serra les dents, envahi par un mélange de déception, de tristesse, de colère et de dépit ; ces émotions mêlées furent presque palpables. Sans rien dire, la jeune fille plongea le regard de ses yeux bleu clair dans ceux d'Estébane, qui se détourna. Pourquoi l'accueillait-il avec une telle froideur ? Adriano crut bon d'intervenir avant que l'incorrection de l'attitude de son roi ne mette Tahissia mal à l'aise.

— Sire, dit-il, sœur Tahissia a fait un long voyage pour venir jusqu'à vous. Peut-être pourriez-vous la faire mener à ses appartements pour qu'elle se repose et se change ?

Estébane se secoua suffisamment pour retrouver un semblant de politesse. Il se tourna vers un de ses hommes d'armes et lui ordonna de conduire la jeune femme à la chambre qu'il lui avait fait préparer.

— Quand vous serez prête vous pourrez faire la connaissance de mes jeunes sœurs, lui dit-il un peu brusquement, avant de se détourner sans plus de cérémonie.

Tahissia inclina brièvement la tête et s'éloigna pensivement avec le garde pour aller prendre ses bagages. Ce souverain arrogant et méprisant pouvait-il être l'auteur de la lettre qui l'avait tant émue et l'avait poussée à venir à Caromane ? Était-ce là le roi dont Adriano lui avait tant vanté les mérites ? Elle confia une partie de ses affaires au jeune soldat, prit le reste de son paquetage et caressa l'ocap avec lequel elle venait de traverser le continent. Elle espérait pouvoir continuer à le monter par la suite, mais une sourde inquiétude avait remplacé sa précédente bonne humeur.

5

De son côté Adriano rattrapa le roi.

— Sire, dit-il à voix basse avec une nuance de reproche, Tahissia est une jeune femme courageuse que j'ai appris à apprécier durant notre voyage. Nous avons affronté des brigands à deux reprises et elle a fait preuve de remarquables qualités guerrières. Croyez-moi, je...

— Plus tard, l'interrompit sèchement Estébane. Je te verrai tout à l'heure. Prenez le temps d'arriver, toi et tes hommes, ajouta-t-il plus doucement, comme pour compenser la relative brutalité de ses propos précédents.

Sans s'attarder, il tourna le dos à son conseiller et rentra rapidement dans le grand hall pour cacher son désappointement et le tumulte de ses émotions. Tahissia qui s'apprêtait à quitter la cour jeta de loin un regard de muette interrogation à Adriano, auquel ce dernier ne put répondre que par un sourire contrit et un haussement d'épaules pour exprimer son impuissance.

Le garde mena la jeune fille à travers couloirs et corridors jusqu'à une autre partie du château. Une servante accourut vers eux, toute essoufflée, et les joues rouges de s'être dépêchée. Elle ne devait pas avoir plus de seize ans, ses cheveux roux s'échappaient de la coiffe de liotyle blanc qui encadrait son petit visage triangulaire et ses yeux marron avaient des reflets verts.

— Ah, Madame ! Vous voilà enfin ! Venez, je vais vous montrer vos appartements, c'est par là... Sa majesté m'a chargée d'être votre femme de chambre. Il était si impatient que vous arriviez ! Il doit être ravi !

Tout en pensant que ce n'était pas exactement l'impression que lui avait donnée Estébane, Tahissia suivit la jeune fille dans le couloir. À Radek, elle n'avait jamais eu de servante et encore moins de femme de chambre, mais elle allait devoir s'adapter aux coutumes de son nouveau lieu de vie et cette pétulante et volubile petite lui serait surement utile pour y parvenir.

— Je m'appelle Kora, continua cette dernière. Jusqu'à présent j'aidais dame Ouria, la chambrière de la reine Alya, mais elle a préféré rentrer dans son village à la mort de sa maitresse. Regardez, voilà votre chambre, c'est le roi qui l'a choisie pour vous. Elle est proche des chambres des princesses et elle donne sur l'océan. Il a dit que cela vous ferait sans doute plaisir, car vous veniez d'une ile.

Tahissia apprécia immédiatement cette grande pièce lumineuse aux meubles de bois clair. Les rideaux, les tentures, le dessus de lit et les coussins moelleux disposés un peu partout étaient d'un joli bleu et par la fenêtre que Kora s'empressa d'ouvrir entraient les cris des oiseaux marins et le roulement des vagues sur la plage.

Tahissia sourit, se sentit soudain plus détendue et respira à fond l'odeur de l'air salin dont elle avait été privée pendant tout le trajet : ici, elle différait légèrement de celle à laquelle elle était habituée, plus épicée, presque musquée. Elle se pencha par la fenêtre et aperçut de nombreuses plantes grasses, couvertes de fleurs jaunes ou pourpres, tapissant la partie haute de la grève que la marée n'atteignait pas. Inconnues sous le rude climat de Radek, elles s'immisçaient entre chaque fissure des rochers et elles étaient à l'origine de cette odeur presque enivrante.

Ses yeux pétillaient quand elle se retourna vers la chambre qui allait être la sienne. Elle n'en avait jamais eu de si grande, ni de si confortablement installée. Son regard se posa sur la carafe et le verre posés sur la table de nuit, puis s'attarda sur la petite table soutenant un miroir, située contre un des murs : des peignes en os et des brosses à cheveux semblaient attendre qu'elle s'installe sur la jolie chaise placée devant. La jeune femme n'avait jamais connu un tel luxe.

Pendant ce temps Kora avait entrepris de défaire les bagages de Tahissia : un gros sac de guérisseuse bourré de plantes, d'onguents et de potions, un pantalon de monte de rechange et trois tenues dont une d'hiver, le tout enroulé dans les couvertures que la faée avait utilisées pour dormir durant le voyage. La petite chambrière secoua la tête avec tristesse en dépliant les robes pour les défroisser.

— Vous n'avez pas grand-chose à vous mettre, sauf votre respect, ma dame.

— Ce sont mes tenues habituelles, répondit Tahissia, légèrement vexée par la réflexion.

— Mais ici vous aurez l'air d'une paysanne si vous les portez. Le roi n'acceptera jamais que vous paraissiez comme ça à la cour. Pour vous faire accepter, il faudra vous habiller différemment.

Tahissia faillit répondre vertement que le roi se fichait bien d'elle et de l'allure qu'elle pouvait avoir, mais Kora ne lui en laissa pas le temps.

— Nous allons devoir fouiller dans la garde-robe que sa majesté a fait préparer pour vous, dit-elle fermement.

— Le roi Estébane m'a fait préparer une garde-robe ? s'étonna la jeune fille.

— Oui, venez voir.

Kora ouvrit une porte et la fit entrer dans une petite pièce où étaient suspendus des vêtements. Elle décrocha plusieurs robes et son regard passa d'un œil critique du corps mince de Tahissia à ces dernières. Conçues pour une femme plus grande et plus forte que la faée, elles comportaient beaucoup de dentelles, de perles et de rubans. Tahissia fit la grimace.

— Elles appartenaient à la reine Alya, expliqua Kora. Mais ce n'est pas vraiment votre taille, vous allez nager là-dedans ! Il va falloir les modifier.

— Et aussi les simplifier ! Je ne pourrai jamais mettre des robes avec autant de fanfreluches. Tu crois que c'est possible d'en transformer une ou deux ?

— Mais bien sûr. Choisissez celles qui vous plaisent et je m'en occuperai.

— Je t'aiderai. Je sais coudre, tu sais...

— C'est mon travail, ma dame, protesta Kora, pas le vôtre.

Tahissia rit.

— Ne m'appelle pas « ma dame », tu me donnes l'impression d'avoir cent ans. Je m'appelle Tahissia.

— Mais je n'ai pas le droit de vous appeler ainsi, ma dame. Je risque une punition si quelqu'un m'entend.

— Alors appelle-moi « sœur Tahissia », soupira la jeune fille.

— D'accord, sœur Tahissia. Laissez-moi vous montrer les autres pièces.

Elle ouvrit une porte sur un charmant petit salon, donnant lui aussi sur l'océan. Un fauteuil, un canapé et une table basse le meublaient. Ainsi Tahissia ne disposerait pas seulement d'une grande chambre, mais d'un véritable appartement privé. Charmée, elle se dit qu'en hiver il ferait bon y lire au coin de la cheminée.

Un petit bureau jouxtait le salon. Tahissia en fit le tour, laissa courir ses doigts sur les veines du bois de la table et sur la tranche des trois livres qui se trouvaient sur l'étagère : une histoire du Vélène et deux livres de poèmes.

Soigneusement recopiés par des membres de la guilde des scribes, les livres étaient considérés comme une grande richesse sur tout le continent énorien. Tahissia avait elle-même été autorisée à en emporter deux avec elle, prélevés sur la bibliothèque de Radek. Elles revinrent vers la chambre et Kora montra à la faée le cabinet réservé aux ablutions. Encore un luxe auquel elle n'était pas habituée !

— Je pense qu'après une aussi longue chevauchée vous voudrez prendre un bain, suggéra Kora. Mais je vais plutôt vous conduire aux étuves, vous y serez plus à l'aise. J'ai donné l'ordre de faire chauffer l'eau dès que j'ai été prévenue de votre arrivée. Anelise et Emma sont encore en train de faire la sieste, vous les verrez plus tard.

6

Peu après, Tahissia se prélassait dans un large cuvier de bois garni d'un drap de liotyle et empli d'eau chaude. Depuis plus de deux décades, elle avait dû se contenter des rivières et des bains publics – quand il en existait dans les rares villes traversées. Elle sentit ses muscles se décontracter, la fatigue du voyage s'envoler, et s'estomper la contrariété liée à l'accueil que lui avait réservé le roi.

Ses lèvres pincées, son regard plein de morgue, jusqu'à la raideur de son dos quand il s'était détourné d'elle, ne correspondaient pas à ce qu'elle avait imaginé, mais il avait quand même pris soin de lui faire préparer des pièces très agréables et même des robes ! Elle pouffa toute seule en repensant aux tenues trop grandes et trop élaborées que Kora lui avait montrées. Les faées ne portaient que des robes simples, brunes pour les sœurs et blanches pour les mères, et des pantalons lorsqu'elles voyageaient. Allait-elle vraiment devoir s'habiller comme une femme de la noblesse. Kora semblait en être persuadée.

L'accueil que lui firent les petites princesses acheva de la réconforter. Les deux blondinettes étaient adorables et Emma, la plus jeune des deux, vint spontanément se blottir entre les bras de leur nouvelle instructrice. Au diner Tahissia constata qu'une place lui était réservée avec les fillettes et leur gouvernante – une femme déjà âgée et assez peu souriante appelée Girylle – à une petite table située tout au bout de la table haute où le roi siégeait, entouré de ses proches.

Elle était ainsi presque reléguée avec les serviteurs.

Estébane n'eut pas un regard pour elle, même pas quand en fin de repas Anelise et Emma vinrent embrasser leur frère pour lui dire bonsoir. Il serra les dents et ignora ostensiblement la jeune fille qui se tenait derrière elles. Son animosité était flagrante, surtout pour une faée, capable plus que quiconque de percevoir les émotions, et cela la laissa perplexe.

Les jours suivants, il continua de se détourner d'elle. Il emmena ses sœurs se promener avec lui, mais n'invita pas leur instructrice à les accompagner. Au fond de lui, il continuait à ressentir la présence de la jeune fille comme une humiliation et préférait l'éviter.

Tahissia l'observa discrètement : elle dut reconnaitre que c'était un bel homme, assez grand, souriant et aimable – du moins avec les autres – et son visage encadré de cheveux châtain foncé était ouvert et agréable. Elle devina, sous la chemise de liotyle qu'il portait, un corps musclé et bien proportionné. Ses yeux marron avaient parfois une expression hésitante qui le faisait paraitre très jeune, mais il n'avait après tout que dix-huit ans. Tout le monde au palais semblait l'adorer et Kora ne tarissait pas d'éloge à son sujet.

Le cinquième jour eut lieu le premier conseil des ministres depuis le retour de l'expédition et ce fut Adriano qui en avertit Tahissia. Retardée par les petites princesses, elle pénétra dans la salle du conseil au moment où le roi ouvrait la séance. Il sursauta, lui jeta un regard plein d'hostilité et s'apprêtait à intervenir quand Adriano le devança en se levant et en souhaitant joyeusement la bienvenue à la nouvelle conseillère, tout en lui installant un siège auprès du sien.

Estébane ne put contredire son ministre préféré, mais il s'arrangea pour ne pas croiser le regard de la jeune fille durant toute la réunion. Tahissia ne prit pas la parole, elle se contenta d'écouter et de prendre quelques notes. À la fin elle s'attarda et s'avança vers le roi qui rassemblait ses affaires.

— Pourrais-je vous parler, votre majesté ? demanda-t-elle.

Le jeune roi leva la tête et s'aperçut que quelques conseillers, dont Adriano, n'avaient pas encore quitté la salle ; il se sentit dans l'obligation d'accepter, ce qu'il fit d'un hochement de tête et continua à trier ses papiers.

— Vous semblez ressentir beaucoup d'irritation à mon égard, Sire, dit la jeune fille quand ils furent seuls.

Il la regarda. Elle attendait paisiblement, le fixant de ses yeux bleu clair si perspicaces. Pour la première fois depuis l'arrivée de Tahissia à Caromane, Estébane ne détourna pas le regard. Il se fit la réflexion qu'elle était jolie. La robe qu'elle portait lui rappela vaguement une tenue de la reine Alya, mais en plus simple. Ainsi vêtue, Tahissia lui sembla moins gamine que le premier jour.

— Vous n'étiez pas content que je vienne assister au conseil, continua-t-elle. Pourtant vous avez demandé à l'ordre faé de vous envoyer une formatrice pour vos sœurs et une conseillère pour vous. Il me semble donc que ma place se trouve aux côtés de vos ministres quand vous les réunissez. En quoi vous ai-je déplu, Sire ?

Estébane baissa la tête et se la prit entre les mains. Puis il poussa un soupir et regarda à nouveau la faée.

— Pardonnez-moi, sœur Tahissia. Je me suis montré grossier à votre égard. Vous n'y êtes pour rien. Je suis devenu roi trop tôt et mes sœurs se retrouvent orphelines à un âge où elles ne sont encore que des bébés, alors oui, j'ai demandé de l'aide à l'ordre faé, mais je pensais que le grand conseil enverrait... quelqu'un d'autre. Quelqu'un de... de plus mûr que vous.

Tahissia lui sourit, puis ses traits fins semblèrent se liquéfier, ses cheveux bruns se strièrent de gris, des rides apparurent sur son visage et la main qu'elle tendit vers lui se déforma tandis que des taches de vieillesse y apparaissaient.

— Quelqu'un comme ça ? demanda-t-elle.

Estébane se rejeta en arrière, effrayé.

— Qu'êtes-vous donc ? Comment avez-vous fait ça ?

— Vous vouliez une femme plus âgée sire ? Suis-je plus crédible ainsi pour vous ? Les apparences sont peu de choses et un roi doit apprendre à ne pas s'y fier. C'est toujours la même personne que vous avez devant vous.

À nouveau, les contours du visage de la faée devinrent flous et mouvants, et elle retrouva son aspect précédent.

— Laquelle des deux êtes-vous ? Quel âge avez-vous vraiment ?

— Ceci est la vraie Tahissia. J'ai vingt ans. Certaines faées, dont je suis, savent créer des illusions, mais le faire en permanence m'occasionnerait une fatigue inutile. Je ne voulais pas vous faire peur, juste vous mettre en garde contre vos préjugés.

— Pardonnez-moi, sœur Tahissia, répéta-t-il. J'attendais une femme âgée et d'une grande sagesse et j'ai cru que le grand conseil se moquait de moi quand je vous ai vue si jeune. J'ai pensé que vous ne pourriez pas vous occuper de mes sœurs, et pourtant je constate chaque jour qu'elles vous aiment et sont à nouveau heureuses et joyeuses depuis que vous êtes là. J'ai été injuste envers vous.

— La sagesse des faées ne se mesure pas à leur âge, Sire, lui dit-elle en souriant, et devant l'expression si douce de ce sourire, il sentit fondre comme neige au soleil les dernières réserves qu'il avait encore à son égard.

— Alors conseillez-moi ! Jamais un roi du Vélène n'a accédé au trône si jeune que moi.

— Peu importe votre âge sire, reprit-elle avec fermeté. Vous êtes le roi, agissez comme tel. Je vous ai observé pendant la réunion : vous demandez conseil à vos ministres, ce qui est sage, mais vous hésitez et vous les laissez décider à votre place. Ce n'est pas ainsi qu'agit un roi. Vos conseillers doivent sentir votre force et votre détermination. C'est à vous de présenter les projets et à vous de prendre les décisions finales. Redressez-vous ! Portez avec fierté cette couronne qui vous revient de droit.

— Elle est bien lourde pour moi.

— Non, sire Estébane. Vous êtes un homme de cœur, généreux, bon et juste. Je l'ai pressenti et c'est ce qui m'a poussée à venir auprès de vous. Une faée plus âgée s'était proposée, mais c'est moi que la mère supérieure a choisie et si elle a pris cette décision, ce n'était certes pas pour vous humilier.

Estébane rougit de se sentir ainsi percé à jour. Et soudain, il ne se sentit plus seul et abandonné face à une tâche trop ardue pour lui. Tahissia était là désormais et elle l'aiderait !

— Accepteriez-vous de préparer les réunions de conseil avec moi, sœur Tahissia ? demanda-t-il plein d'espoir.

— Je le ferai, majesté.

— Merci. Et... vous savez, ajouta-t-il avec une lueur d'amusement dans le regard, je vous préfère ainsi !

— Oh ! fit-elle, en rosissant légèrement avant de se reprendre. Sire, je vous demande de ne pas ébruiter ce qui vient de se passer. Les faées préfèrent rester discrètes pour tout ce qui concerne leurs pouvoirs.

— Vous pouvez compter sur moi, sœur Tahissia.

Ainsi fut scellé leur accord. À partir de ce jour, elle prépara les séances du conseil avec lui, l'aidant à voir clair dans ses idées sans jamais le diriger et lui donnant ainsi de plus en plus confiance en lui. Ses ministres n'en surent jamais rien, et lors des réunions, elle intervenait peu. Adriano constata bientôt avec plaisir que son jeune roi prenait de l'assurance et assumait désormais son rôle avec fermeté et aisance.

7

Caromane avait séduit Tahissia dès son arrivée et cette première impression ne se démentit pas. Les Vélèniens se montraient aimables envers elle et même respectueux quand ils voyaient la pierre bleue sur son front leur indiquant sa position de sœur faée de Radek. Et leur léger accent chantant, comme il sonnait agréablement aux oreilles !

Cette région méridionale offrait tant de merveilles : l'été lumineux, l'océan paisible qui étalait ses grandes vagues sur la plage de sable pâle, l'odeur d'iode des algues et de l'eau salée mêlée à celle plus suave des fleurs estivales, les oiseaux marins tournoyant perpétuellement dans le ciel bleu en s'interpelant bruyamment, et le chaud soleil qui caressait de ses rayons orangés les maisons blanches et les voiles des multiples bateaux de pêche.

Elle passait beaucoup de temps sur la grève avec les petites princesses. Elle leur apprit à nager et à explorer le rivage à la recherche de crustacés ou de coquillages. Chaque découverte lui fournissait l'occasion d'un enseignement, et il serait toujours temps de s'enfermer quand l'hiver reviendrait.

Au début, elle avait été surprise : les fillettes semblaient moins avancées que les petites faées dont elle avait eu à s'occuper à Radek. Mais elle s'était vite souvenue des explications de ses propres formatrices : les faées étaient naturellement en avance sur les autres enfants énoriens du même âge. Elle adapta alors son enseignement à ses jeunes élèves qui se montrèrent très réceptives et progressèrent rapidement.

Estébane se réjouissait. Ses sœurs s'épanouissaient. Quel plaisir d'entendre leurs cris de joie et leurs rires quand il passait les voir dans la journée. Le soir, quand il venait leur souhaiter bonne nuit et passer un moment avec elles, elles avaient toujours un millier d'anecdotes à lui raconter. Il se félicita d'avoir écrit à l'ordre faé : Tahissia était exactement la personne dont les petites princesses avaient besoin pour surmonter la douleur de la perte de leurs parents. Et elles se sentaient certainement plus à l'aise avec cette femme jeune et dynamique qu'avec la vieille matrone qu'il avait imaginée.

Un jour, il les trouva en train de s'affronter bruyamment à coups d'épées de bois sous la direction de Tahissia, armée de la même façon.

— Estébane ! s'écria Anelise en le voyant arriver, viens faire quelques passes avec moi ! J'ai fait beaucoup de progrès.

Les joues de la fillette étaient toutes roses d'excitation.

— Qu'est-ce que cela signifie, sœur Tahissia, demanda-t-il en fronçant les sourcils de mécontentement. Vous leur apprenez à se battre ? Je ne pensais pas que cela faisait partie de l'enseignement faé.

— Toutes les faées sont des guerrières, majesté. Et des princesses doivent savoir se battre. Vous-même, vous vous entrainez régulièrement avec Adriano.

— Mais ce sont des princesses, justement.

Le rire clair de Tahissia s'éleva dans les airs.

— Alors elles ne doivent savoir que broder, chanter et danser ? Toutes les femmes devraient savoir se défendre, sire. Et des princesses plus que toute autre. Qui vous dit qu'elles ne devront pas un jour se battre pour défendre leur vie ou leur pays ou qu'elles n'auront pas à prendre la tête d’une armée pour protéger leur royaume ? Et puis, elles ont aussi besoin d’exercice physique.

— Estébane, reprit Anelise en sautant sur place, bats-toi avec moi, s’il te plait.

À contrecœur, Estébane prit l’épée de bois que Tahissia lui tendait en souriant, mais très vite il se prit au jeu. La fillette se débrouillait à la perfection pour une enfant de cinq ans. Au bout d’un moment, il demanda merci en riant et Tahissia déclara la séance terminée.

— Je devrais peut-être m’entrainer moi aussi avec vous, sœur Tahissia. Vous semblez être un professeur efficace.

— Quand vous voudrez, votre majesté. Je suis à votre disposition.

Estébane ne demanda toutefois jamais à croiser le fer avec la faée : Adriano était son maitre d’armes depuis son enfance, il ne pouvait pas le trahir ainsi. Et surtout, la perspective d’une telle intimité physique avec Tahissia le troublait étrangement, et il préféra s’en tenir à leurs rencontres habituelles qui laissaient plus de distance entre eux qu’un combat. Ils se voyaient pour les réunions de conseil des ministres et chaque fois qu’il rendait visite à ses sœurs. Cela suffisait.

Quand Tahissia entreprit d’apprendre aux petites filles à chevaucher les ocaps, il vint plusieurs fois assister aux séances et il en repartit satisfait : Anelise caracolait fièrement et même la petite Emma s’en sortait plutôt bien. Apaisé et heureux, Estébane dut se l’avouer : la présence de Tahissia contribuait grandement à son bonheur et sa compagnie lui procurait beaucoup de plaisir.

8

Les longues journées se mirent à raccourcir, l'automne s'installa, vite suivi par l'hiver aux jours si courts et si sombres, et bientôt le radieux été ne fut plus qu'un souvenir. Les nuages barrèrent l'horizon, un aigre vent du nord se mit à souffler, l'océan devint gris-vert et ses vagues s'ourlèrent d'écume blanche. Les bateaux restèrent à quai et la pluie se mit à tomber sans interruption pendant plusieurs jours, noyant le paysage.

La mauvaise saison sembla toutefois plus clémente à Tahissia que ce qu'elle avait toujours connu à Radek. Ce n'est qu'au milieu de l'hiver que la neige se mit à tomber, et la jeune faée eut alors plaisir à retrouver la blancheur tourbillonnante des flocons.

Elle profita de cette période pour faire travailler le dessin, l'écriture et la lecture à ses petites protégées, sans pour autant interrompre les leçons d'escrime. Estébane vint de plus en plus souvent leur tenir compagnie. Il s'installait avec un livre dans un fauteuil, devant la cheminée où flambait un bon feu, et se laissait bercer par la douce voix de Tahissia qui guidait les gestes maladroits d'Emma, félicitait Anelise pour ses progrès en couture ou chantait des chansons aux deux petites. L'affection que tous deux éprouvaient pour les fillettes créa vite entre eux une complicité tacite.

Séduisant, Estébane avait facilement du succès auprès des femmes, mais s'intéressaient-elles à lui ou à sa position de roi ? La compagnie de Tahissia, sa fraicheur, sa jeunesse et son franc-parler le reposaient des mondanités de la cour.

Il aimait passer l'après-midi dans la salle d'étude et le faisait chaque fois qu'il le pouvait.

Les faées avaient une assez mauvaise opinion des hommes, et elles mettaient leurs filles en garde contre eux dès leur plus jeune âge. Ils étaient tous fourbes, brutaux, manipulateurs et aimaient dominer par la violence, affirmaient-elles.

Depuis qu'elle avait quitté Radek, Tahissia relativisait l'enseignement de ses éducatrices. Adriano, Estébane et la plupart des hommes qu'elle fréquentait à Caromane étaient très différents de l'image qu'on lui avait donnée de l'autre sexe dans son enfance.

Certes, il y avait parmi les Vélèniens, et même parmi les hommes d'armes du palais royal, des brutes, des hypocrites et des salauds, mais en nombre plus faible qu'elle ne l'avait imaginé, et le roi était effectivement l'homme bon et généreux que son courrier lui avait laissé présager. Elle l'appréciait de plus en plus. Il était sympathique et chaleureux et sa présence illuminait les moments où il venait les rejoindre.

Éloignée de ses sœurs faées et sans confidente à Caromane – elle ne fréquentait que la trop jeune Kora et la trop âgée Girylle – elle s'attacha sans même s'en rendre compte à ce jeune homme sérieux, rendu solitaire par les lourdes responsabilités de la monarchie et sans le lui dire, elle en vint à le considérer comme son ami.

Le printemps revint et Tahissia put à nouveau profiter de la plage et organiser des sorties à dos d'ocap dans la campagne avec les fillettes, qui montaient désormais à la perfection. Estébane leur proposa également des sorties en mer sur un petit voilier appartenant à la famille royale.

— C'est sur ce bateau que j'ai appris à naviguer,

expliqua-t-il à Anelise et Emma enthousiasmées.

Née sur une ile, Tahissia savait manœuvrer un voilier ; ils partaient donc la plupart du temps tous les quatre sans avoir besoin d'un marin. À bord se trouvaient des lignes et des filets et les fillettes surent vite pêcher. Les oiseaux marins suivaient le bateau en criant pour récupérer les déchets qu'ils leur jetaient.

Tahissia aimait ces sorties : la navigation, la caresse des embruns sur son visage, les cris de joie des petites et la chaude et virile présence d'Estébane à ses côtés... Quels moments privilégiés !

Par un bel après-midi, alors que le jeune homme nettoyait un des poissons attrapé par Anelise, son couteau dérapa et il s'entailla profondément la main. Tahissia se trouvait juste à côté de lui, occupée à ranger un filet. Au cri de douleur et surtout de surprise poussé par Estébane, elle réagit immédiatement sans même réfléchir : elle posa sa main sur la blessure et utilisa ses pouvoirs faés pour arrêter l'écoulement du sang.

— Que faites-vous ? s'exclama le roi.

Tahissia, confuse, retira ses doigts. La plaie ne saignait plus et elle commençait déjà à cicatriser.

— Par les profondeurs de l'océan, murmura Estébane. Comment avez-vous fait ça ? C'est de la sor...

— Non, Sire ! l'arrêta la jeune fille légèrement paniquée. Ne prononcez pas ce mot. C'est juste un peu de... de magie faée.

Elle posa à nouveau sa paume sur l'entaille, et quand elle la retira il ne restait qu'une petite trace rosée. Estébane fronça les sourcils. Depuis son arrivée à Caromane, Tahissia avait fait profiter les proches du roi de ses connaissances de guérisseuse : elle distribuait tisanes et onguents de sa fabrication et donnait à tous de sages conseils, mais là il s'agissait d'une capacité qu'elle n'avait jamais dévoilée à quiconque. Il sourit et la contempla avec émerveillement.

— Je comprends maintenant pourquoi les écorchures de mes sœurs guérissent toujours si vite, fit-il remarquer.

Tahissia rougit, vivement embarrassée : les préceptes faées lui interdisaient de se dévoiler ainsi. Elle n'aurait pas dû être aussi impulsive !

— S'il vous plait, Sire, implora-t-elle, pouvez-vous garder cela secret ? Je vous l'ai dit, les faées n'aiment pas que l'on en sache trop sur leurs pouvoirs. Je n'ai pas réfléchi. J'ai agi ainsi parce que vous étiez blessé et que vous êtes mon ami.

Estébane redressa la tête, soudain très sérieux, et la fixa dans les yeux.

— Je suis votre ami, sœur Tahissia ?

La faée se méprit sur le sens de la question. La confusion l'envahit et elle baissa la tête.

— Pardonnez-moi, majesté. J'ai été incorrecte et présomptueuse en me montrant si familière envers mon souverain.

— Non, sœur Tahissia ! Cela me fait tellement plaisir que vous me considériez comme votre ami. Depuis que je suis roi, j'ai l'impression de ne plus en avoir. Soyez mon amie ! Et je vous promets de préserver vos secrets. C'est ce que font des amis, n'est-ce pas ?

Tahissia le regarda. Son cœur se mit à battre plus fort. Elle sourit et hocha la tête en signe d'assentiment.

— Et s'il vous plait, ajouta-t-il, laissez-moi vous appeler Tahissia et appelez-moi Estébane quand nous ne sommes pas en public.

Là encore elle accepta, et cela scella leur amitié.

9

La fin du printemps et l'été virent l'entente entre Estébane et Tahissia s'approfondir et se renforcer de jour en jour.

En ce qui concernait les hommes, tout ce que la jeune femme avait appris à Radek se résumait à évaluer si l'un d'eux avait les gènes nécessaires pour engendrer une faée et pouvait de ce fait être un éphémère partenaire sexuel. Même avec ces hommes-là, les faées de Radek n'entretenaient pas de relations au-delà des quelques jours nécessaires à la conception d'une future faée. Rien ne devait mettre en danger leur indépendance et leur liberté ! Surtout pas un mâle possessif et autoritaire comme l'étaient selon elles tous les Énoriens.

Certaines faées formaient des couples de femmes, ce qui était toléré tant qu'elles acceptaient de concevoir des filles pour perpétuer l'ordre de Radek. Les autres investissaient toute leur énergie dans les multiples tâches indispensables à la vie de la communauté et ne s'embarrassaient pas de considérations affectives.

Sans cette éducation stricte, Tahissia aurait pu identifier plus tôt les émotions qui l'agitaient en présence d'Estébane. Les jours où il venait voir ses sœurs et les emmenait toutes les trois faire du bateau, se promener dans la campagne, ou plus simplement quand il les accompagnait à la plage, le soleil lui semblait plus lumineux, le ciel plus bleu, les senteurs plus vives, les cris des oiseaux marins plus puissants et les chants des petits passereaux plus mélodieux que d'ordinaire.

Mais, à part deux séjours sur le continent à la recherche d'un éventuel géniteur, Tahissia avait toujours vécu entourée de femmes et si ses connaissances étaient très importantes dans de nombreux domaines, elles étaient plus que succinctes dans celui des émois amoureux et des relations affectives entre les deux sexes. Aussi laissa-t-elle son amour pour Estébane se développer sans y prendre garde et quand elle réalisa la nature de son attachement pour le jeune roi, il était trop tard.

Elle ne voulait pas contrevenir aux principes de l'ordre faé. Elle brida ses sentiments, devint moins familière avec le roi et souffrit en silence.

Cela étonna le jeune homme. Elle semblait triste, alors qu'elle n'avait jamais manifesté auparavant la moindre mélancolie. Peut-être était-ce dû à son éloignement de Radek... Il se montra d'autant plus prévenant et amical envers elle. Après tout, en tant que responsable de sa venue à Caromane, c'était à lui de rendre son séjour le plus agréable possible.

Ce manège se prolongea tout l'automne. Estébane multiplia les sorties en mer quand le temps le permettait et à dos d'ocap dans la campagne, où un petit vent frais commençait à souffler et où les arbres se couvraient de couleurs mordorées, formant une lumineuse palette d'orange, de rouge, et jaune. Peut-être cela améliorerait-il l'humeur morose de la jeune femme...

Pour ne pas faire de peine à ses deux petites élèves, toujours heureuses de voir leur frère, Tahissia ne pouvait refuser et, malgré ses efforts, son inclination pour Estébane se renforça encore devant tant de gentillesse.

Comme toutes les faées, elle avait été conditionnée dès l'enfance à maitriser ses émotions et grâce à cela elle prit encore plus sur elle et parvint à enfouir au fond de son cœur son amour impossible et secret. Elle établit sa ligne de conduite : se contenter de la présence d'Estébane à ses côtés et se consacrer totalement à Anelise et Emma.

Les petites adoraient leur éducatrice et faisaient de grands progrès sous ses directives, quant à Estébane, il dirigeait maintenant le royaume avec sagesse et fermeté en profitant des discrets conseils de Tahissia. Son affection pour la jeune femme grandissait, mais sa délicatesse naturelle l'empêchait de lui ouvrir son cœur. Pas question de la brusquer. Il attendrait une occasion favorable, persuadé qu'un jour elle répondrait à son amour.

Centrée sur ses propres sentiments et trop occupée à se contrôler pour n'en rien laisser transparaitre, Tahissia – qui était pourtant toujours si perspicace – ne vit pas qu'Estébane devenait chaque jour plus amoureux d'elle et n'attendait qu'un signe de sa part pour lui déclarer sa flamme.

10

Avec le retour de l'hiver la bonne odeur des feux de cheminée se répandit dans le palais royal. Tahissia était à Caromane depuis maintenant plus d'un an.

Hélas, cet hiver-là fut particulièrement humide et une grave épidémie frappa la capitale et ses abords : chez les Vélèniens contaminés, la maladie se manifestait d'abord par une forte fièvre et des courbatures, puis ils toussaient, leurs nez coulaient ou se bouchaient et leurs poumons s'encombraient jusqu'à provoquer la mort. Les plus âgés et les très jeunes – plus vulnérables – survivaient rarement quand la fièvre montait trop.

Tahissia avait fort heureusement utilisé la belle saison pour renouveler sa provision de plantes médicinales. Elle fit profiter les Caromaniens de ses connaissances, fabriqua des baumes à appliquer sur la poitrine des plus atteints et des mélanges d'herbes à utiliser en infusion ou en inhalation.

Mais elle dut passer des journées entières à sillonner la ville et les campagnes environnantes pour venir en aide aux malades, comme elle s'y était engagée en prononçant son serment de guérisseuse faée à la fin de sa formation, quelques années auparavant.

Elle se trouvait depuis trois jours sur la côte, dans un village de pêcheurs particulièrement touché par l'épidémie, quand, en tout début d'après-midi, Adriano l'y rejoignit. Son ocap était harassé, couvert d'écume et de poussière, et sa crinière se collait sur son encolure. Tahissia s'alarma : jamais le vieux soldat n'aurait ainsi malmené sa monture sans un grave motif.

— C'est Emma ! lui lança-t-il.

Le cœur de la jeune fille se serra. Sans attendre, elle donna ses consignes à la guérisseuse du village et fonça vers Caromane. La petite fille était tombée malade peu après le départ de la faée et son état s'était soudainement aggravé pendant la nuit précédente.

Estébane, inquiet et bouleversé, se tenait au chevet de sa sœur et retrouva espoir en voyant arriver Tahissia. Celle-ci examina la fillette et lui confia un sachet de plantes pour qu'il prépare une infusion pendant qu'elle commençait à étaler une pommade à l'odeur forte sur la petite poitrine.

L'enfant brulait de fièvre, sa respiration sifflante semblait parfois se bloquer. Son teint cireux et ses yeux fermés, cerclés de cernes bistre faisaient peine à voir. Où était passée l'espiègle Emma qui emplissait les couloirs du palais de son rire joyeux ?

Tahissia fit boire doucement à la petite la tisane adoucie au miel de gazor qu'Estébane avait préparée sur ses indications, mais la gamine avait beaucoup de difficultés à avaler, et la majorité de la boisson coulait sur sa chemise de nuit déjà trempée de sueur. La faée lui caressa le visage, employant son don de guérison pour tenter de faire baisser la fièvre.

— Tahissia ! la supplia Estébane avec véhémence. Toi seule peux la sauver !

C'était la première fois qu'il la tutoyait. Tahissia savait qu'il pensait à sa « magie faée », mais cela faisait une décade qu'elle s'activait auprès des malades, employant ses pouvoirs avec discrétion et les économisant pour les réserver aux cas les plus graves. Elle était épuisée. Elle secoua tristement la tête.

— Mes pouvoirs ne sont pas illimités, majesté, et j'ai

déjà beaucoup puisé dedans.

Il vit alors ses traits marqués par la fatigue et comprit. Elle était totalement exténuée après dix jours passés à courir d'un malade à l'autre. Il tendit une main maladroite pour repousser une mèche brune tombant sur son front et plongea un regard suppliant dans les yeux bleu clair de la jeune fille. Un faible sourire erra sur les lèvres pâles de cette dernière.

— Je vais tout faire pour la sauver, tu le sais, Estébane, murmura-t-elle, abandonnant également le vouvoiement.

Elle sortit de son sac de guérisseuse une fiole emplie d'un liquide rouge dont elle but quelques gouttes, ce qui sembla lui redonner des forces, avant de se remettre à masser le petit corps. Ils passèrent le reste de la journée à surveiller Emma, en alternant potions, fumigations et cataplasmes.

Complètement harassés, ils s'assoupirent à tour de rôle pour tenter de récupérer. Le trop court jour hivernal prit fin. Seule la lueur des lampes à huile et la chaleur du feu de cheminée qu'Estébane ravivait de temps en temps faisaient reculer l'obscurité de la chambre et le froid de l'hiver énorien.

Tahissia continuait à utiliser parcimonieusement ses pouvoirs faées pour dégager les poumons encombrés de l'enfant. Aller au-delà de ses possibilités pouvait la tuer, elle le savait. Et alors, elle ne serait plus d'aucune utilité à Emma, ni à personne d'autre.

Elle écrasa des racines dans son mortier et mélangea la pâte obtenue avec des huiles de sa fabrication ; une forte odeur envahit la chambre. Avec son doigt, elle fit respirer cette pommade à Emma et en déposa sur les narines pincées de la petite. Cela sembla l'aider à mieux respirer. À nouveau, elle se concentra et insuffla un peu de sa propre force à sa protégée.

Laissant Estébane veiller, elle laissa aller sa tête contre le dossier du fauteuil et tomba dans un sommeil superficiel. Il lui semblait n'avoir dormi qu'un instant, quand le jeune roi la secoua. Elle sursauta, affolée et, craignant le pire, elle se précipita vers le lit où gisait Emma. La petite fille avait retrouvé des couleurs et une respiration calme et régulière. Tahissia posa une main sur le front de la malade et dut se contrôler pour ne pas crier de joie.

— La fièvre est tombée et ses bronches sont dégagées. Elle est sauvée, Estébane ! Emma est sauvée !

Elle se retourna vers lui, un grand sourire illuminant son visage. Lui aussi se mit à rire tandis que des larmes de bonheur montaient à ses yeux. Ils tombèrent dans les bras l'un de l'autre, riant et pleurant tout à la fois, tant ils étaient soulagés.

Il l'enlaça et la serra contre lui. Elle s'abandonna à son étreinte, ses mains se refermèrent sur les muscles du dos du roi et elle nicha son visage dans le creux de son cou. Les doigts d'Estébane se perdirent dans les cheveux de la jeune fille. Ils étaient sales et emmêlés, et elle sentait la sueur et les herbes médicinales, mais il trouva cette odeur délicieuse. Aucun d'eux ne sut comment cela arriva, mais leurs bouches se joignirent et ils s'embrassèrent passionnément jusqu'à en perdre le souffle, leurs deux corps collés l'un contre l'autre comme s'il avait toujours dû en être ainsi.

Leurs lèvres se séparèrent comme à regret et ils échangèrent un regard intense, empli de bonheur, de tendresse et d'émerveillement. Et puis soudain, toutes les mises en garde de mère Mahalia envahirent l'esprit de la jeune fille de manière assourdissante. Elle se raidit entre les bras d'Estébane. L'expression de son regard changea et elle le repoussa vivement.

— Majesté, dit-elle d'une voix rauque tout se déplaçant à reculons jusqu'à la porte, vous oubliez qui vous êtes et qui je suis ! L'émotion nous a emportés. Votre sœur est guérie, j'ai encore des malades à soigner demain, et je dois aller me reposer.

Avant qu'Estébane n'ait pu réagir, Tahissia se rua hors de la pièce et courut jusqu'à sa chambre où elle s'enferma et se jeta toute habillée sur son lit, laissant jaillir ses larmes et donnant libre cours au chagrin qui l'étouffait. Au bout d'un moment, elle entendit frapper à sa porte et la voix assourdie d'Estébane qui l'appelait, mais elle ne répondit pas et plongea la tête dans son oreiller pour être certaine qu'il n'entende pas ses sanglots.

11

Le lendemain, elle prit des nouvelles d'Emma, embrassa Anelise, s'enveloppa dans sa lourde cape brune et partit avec son sac de guérisseuse pour le quartier du port, où il y avait encore de nombreux malades. Estébane ne la revit pas de la journée, ni les jours suivants, et elle ne fit que de brèves apparitions au palais.

Quelques jours plus tard eut lieu le conseil des ministres, avec comme principal point inscrit à l'ordre du jour l'épidémie, fort heureusement en régression. Tahissia fut une des dernières à arriver dans la salle ; presque tous les conseillers étaient déjà installés. Très digne, presque froide, elle ne regarda le roi que lorsqu'elle dut s'adresser directement à lui. À la fin de la réunion, elle se leva parmi les premières pour quitter la salle, mais Estébane intervint d'une voix ferme.

— Sœur Tahissia, ordonna-t-il sur un ton ne laissant aucune place à la discussion. Restez, j'ai à vous parler.

Elle se retourna et ils se fixèrent un moment. Puis elle inclina la tête.

— Comme vous voudrez, sire Estébane, répondit-elle.

Les autres conseillers quittèrent la pièce et le roi se leva. Mais il ne s'approcha pas de la jeune fille. Ils se firent face, à distance, les yeux dans les yeux, chacun gardant un visage grave.

— Vous aviez raison, sœur Tahissia, commença Estébane. L'autre nuit, j'ai oublié qui j'étais et qui vous étiez. L'émotion, la joie de voir ma sœur sauvée et la fatigue m'ont emporté et je n'ai pas agi envers vous comme je l'aurais dû. Je vous prie de me pardonner cet écart de conduite.

Le cœur de Tahissia se déchira : le roi reprenait ses propres termes, elle aurait dû s'en réjouir. Elle allait accepter ses excuses, tout serait oublié et redeviendrait comme auparavant. Par les profondeurs de l'océan, c'est à cette ligne de conduite qu'elle devait se tenir ! Et pourtant, était-ce vraiment cela qu'elle voulait ? Pourquoi se sentait-elle si triste qu'Estébane reconnaisse dans ce baiser un moment d'égarement provoqué par la fatigue ?

— Vous êtes une faée de Radek, reprit le roi, ma conseillère et l'éducatrice de mes sœurs, et vous êtes une femme admirable qui a fait énormément pour mon royaume lors de cette épidémie. Vous n'êtes pas quelqu'un que l'on embrasse par surprise comme je l'ai fait. Vous méritez mieux qu'un emballement passager.

Il prit une grande inspiration sans la quitter du regard avant de continuer.

— Tahissia, reprit-il, voulez-vous m'épouser ? Voulez-vous devenir ma femme et la reine du Vélène à mes côtés ?

Tahissia ouvrit de grand yeux étonnés, tituba légèrement de surprise et posa une main sur la table toute proche pour se soutenir.

— Quelle folie est-ce là, Sire ? Vous n'êtes pas obligé de dire ça. Vous n'avez pas attenté à ma vertu ! Je vous pardonne, nous oublions...

— Non, Tahissia, l'interrompit le roi. Je suis sérieux. Je veux que tu deviennes ma femme et ma reine. C'est ce que je souhaite de tout mon cœur depuis déjà longtemps, et c'est par cette question que j'aurais dû commencer avant de t'embrasser.

— Non, sire, dit-elle d'une petite voix suppliante.

— Je t'aime, Tahissia. Et je suis presque sûr que tu m'aimes aussi. Ton baiser ne pouvait mentir.

— Tu ne comprends pas, Estébane. Ce n'est pas possible ! Les faées ne se marient pas. Une faée ne devient pas reine. Je ne peux pas.

— Pourquoi, demanda le jeune homme, qui avait noté avec joie qu'elle n'avait pas dit « je ne veux pas ». Vous avez des enfants sur Radek, ils ont des pères que je sache.

— Nous avons des filles, et nous ne fréquentons leurs pères que le temps de les concevoir. Nous ne vivons pas en couple. Enfin, si, celles qui préfèrent les femmes peuvent le faire, mais il n'y a pas d'hommes à Radek et nous ne nous marions jamais.

— Tu ne vis pas à Radek, Tahissia, tu vis ici à Caromane. Qu'est-ce qui t'empêche de m'épouser ?

— Tu ne comprends pas, redit Tahissia avec tristesse. Jamais les mères supérieures n'accepteront que je t'épouse. Tu n'as même pas les gènes qui me permettraient d'avoir une fille faée avec toi. Et puis une faée ne peut pas devenir reine du Vélène. Quand le traité des cinq royaumes a été signé, l'ordre faé s'est engagé à ne pas intervenir dans la vie politique d'Énora. Les autres souverains ne le tolèreraient pas.

— Tu n'es pas l'ordre de Radek. Juste une femme que j'aime. T'épouser ne changera rien à l'équilibre politique énorien. Et d'ailleurs les réactions des autres royaumes m'importent peu. Aucun des autres rois ne m'a proposé son aide quand mon père est mort.

Tout en parlant, Estébane s'était rapproché de la jeune fille. Il lui saisit les mains et l'attira vers lui. Il y avait des larmes dans les beaux yeux bleus de Tahissia et sur ses joues, et il eut envie de les sécher de ses baisers.

— S'il te plait, Tahissia, l'implora-t-il.

Elle se laissa aller contre lui, elle tremblait et ses sanglots mouillèrent la chemise du roi. Il lui caressa les cheveux avec tendresse et la berça doucement, comme il le faisait pour Anelise quand celle-ci avait du chagrin. La jeune femme cessa de hoqueter, redressa la tête et le regarda.

— Je t'aime Estébane, dit-elle finalement, mais c'est impossible que je t'épouse. Je suis une faée.

Il essuya du bout des doigts les pleurs qui inondaient son joli visage, poussa un soupir et lui sourit. Son index vint caresser les lèvres de la jeune fille.

— Est-ce que je peux t'embrasser, Tahissia ?

Elle répondit en posant ses lèvres sur celle du roi et en lui offrant sa bouche. Leur second baiser fut tout aussi passionné que le premier, mais plus langoureux, et ils ne reprirent leur souffle que pour s'embrasser à nouveau.

12

Ils devinrent amants dans le courant de l'hiver. Et au début du printemps, quand les feuilles reverdirent et que le soleil orange devint plus chaud, Tahissia accepta d'épouser Estébane et de devenir reine du Vélène à ses côtés.

Peuple paisible et accueillant, les Vélèniens acceptèrent avec joie leur nouvelle souveraine. Peu leur importait qu'elle soit faée, elle avait soigné beaucoup d'entre eux lors de l'épidémie de l'hiver précédent, elle était jolie, souriante et douce, et leur roi semblait heureux à ses côtés. Cela leur suffisait. Tahissia s'inquiétait plus de la réaction du grand conseil faé.

— Radek est loin, la rassurait Estébane. Si ça se trouve les faées n'en sauront même rien avant de nombreuses années.

Il se trompait. Certes, les nouvelles circulaient lentement sur Énora, mais elles circulaient grâce aux marchands et aux troupes de comédiens ambulants allant de royaume en royaume, au gré des diverses foires. La nouvelle du mariage inhabituel du roi du Vélène se répandit ainsi petit à petit.

Et surtout, c'était compter sans les pouvoirs de certaines faées capables de visions à distance ou de prémonitions. Mère Laora était de celles-là. À la fin de l'été suivant, elle avertit le grand conseil faé de la trahison de Tahissia envers les préceptes de l'ordre. Dans sa grande sagesse, Mahalia, la mère supérieure, envoya quelques sœurs sur le continent glaner des informations. Et la rumeur se confirma.

L'arrivée de la mauvaise saison ajourna toutefois tout voyage d'une faée à Caromane. Plus le temps passait, plus

Estébane était soulagé. Son épouse avait eu tort de s'inquiéter de la possible réaction de ses sœurs.

Mais quand le printemps revint, Radek mandata mère Anitha auprès de Tahissia, avec pour mission de la ramener à la raison. Grande et décharnée, avec un visage buriné aux pommettes osseuses, Anitha était une femme dure, d'une grande force physique malgré sa maigreur et surtout dotée de très puissants pouvoirs faés et d'un respect absolu des règlements de l'ordre.

Ses petits yeux noirs surmontés de sourcils broussailleux, ses lèvres minces, ses cheveux striés de blanc et son teint pâle la rendaient peu avenante. Les jeunes faées, parfois exubérantes et désobéissantes, craignaient ses remontrances, ses colères froides et la douleur qu'elle était capable de leur infliger avec ses pouvoirs, simplement en les regardant.

Cinq décades plus tard, elle arriva à Caromane. Le printemps était bien avancé. Il faisait doux et le soleil baignait la campagne de ses rayons orangés. Les passereaux s'égosillaient dans les haies et partout régnait l'odeur sucrée des foins séchés que les paysans chargeaient dans des carrioles tirées par des petits ocaps de trait.

Au palais, la vie s'écoulait, calme et douce, Estébane et Tahissia nageaient dans le bonheur et envisageaient d'avoir prochainement un fils. Ce jour-là, le roi s'absenta pour aller inspecter un poste de garde. La jeune reine et les princesses passèrent la matinée sur la plage et, après un repas léger, elles partirent cueillir des fleurs dans la campagne.

À leur retour, Kora prévint Tahissia qu'une dame âgée demandait à la voir. La jeune femme confia ses protégées à Girylle et pénétra, les bras chargées de bouquets, dans le petit salon où Kora avait installé la visiteuse. Vêtue de blanc, Anitha lui tournait le dos ; elle se retourna et la fixa avec sévérité. Sa pierre verte de mère faée étincelait sur son front. En la reconnaissant Tahissia serra les dents, appela Kora et lui remit les fleurs, avant de revenir vers Anitha.

La jeune femme avait depuis longtemps renoncé à discuter avec Kora concernant les tenues des précédentes reines, que la fidèle petite servante s'ingéniait à modifier pour mettre en valeur la beauté de sa maitresse. Ce jour-là, elle portait une robe vert d'eau, dont le décolleté assez profond et la coupe ajustée dévoilait la naissance de ses seins, blancs, fermes et rebondis. Seul un bandeau au centre duquel brillait une pierre bleue indiquait qu'elle était une faée de Radek. Anitha la toisa de haut en bas, avec un mépris presque palpable.

— Quelle est cet accoutrement, ma fille ? demanda-t-elle sèchement. Pourquoi portes-tu cette robe indécente au lieu de tes vêtements bruns de sœur faée ?

— Dès mon arrivée ici on m'a fait comprendre que ma tenue faée n'était pas appropriée au palais royal vélènien, ma mère, répondit calmement Tahissia. Je ne la mets donc qu'en de rares occasions, mais je porte toujours ma pierre bleue. Une faée doit savoir s'adapter aux lieux où elle vit.

À la posture très droite de Tahissia, Anitha vit qu'elle était décidée à lui tenir tête. Alors, sans prévenir et sans aucun ménagement, elle la sonda psychiquement. La jeune femme poussa un cri de douleur et de surprise : une intrusion aussi brutale dans son corps et son esprit était contraire aux principes faés. Le visage d'Anitha exprima un profond dégout et elle secoua la tête.

— C'était donc vrai ! Je n'osais y croire. Tu t'es donnée à ce roi et tu l'as épousé !

— Oui, répondit Tahissia avec fierté et défi, je suis l'épouse du roi Estébane et la reine du Vélène.

— La reine du Vélène ? Tu te prends pour qui ? À quoi as-tu pensé ? Quelle bêtise, ma fille. Il était temps que je vienne mettre fin à cette mascarade.

— J'aime Estébane, mère Anitha.

— Stupide ! Une faée ne peut agir ainsi. Il t'a manipulée !

Devant l'attitude ferme de Tahissia, Anitha décida de tenter une autre approche et elle reprit plus doucement.

— On t'a envoyée ici alors que tu étais beaucoup trop novice, Tahissia, inexpérimentée, seule, loin de tes sœurs et très influençable. Cet homme a profité de ta faiblesse, de ton besoin de tendresse et de ton manque d'affection. Je ne suis pas cruelle. Je comprends qu'il ait pu te tromper, ma petite : les hommes savent déployer leurs charmes et se montrer habiles pour arriver à leurs fins. Chacune admettra que ta jeunesse et ta solitude t'aient rendue réceptive à la fourberie de celui-là. Je pense même pouvoir intervenir pour que tu ne sois pas punie et que l'ordre te pardonne ta désobéissance. Tu vas revenir avec moi à Radek et tu pourras parler sereinement de tout cela avec mère Mahalia. Les fillettes dont tu devais t'occuper n'ont plus besoin de toi maintenant, elles sont grandes. Prépare tes affaires, ma fille, nous repartons sur-le-champ.

— Non.

— Tu préfères attendre demain matin ? Tu veux prendre le temps de dire au revoir aux petites ?

— Non, mère Anitha. Je ne pars pas avec vous. Je vous l'ai dit : j'aime Estébane, je suis son épouse et sa reine. Ma place est ici, à Caromane, auprès de mon époux, de ses sœurs qui sont comme mes filles, et des Vélèniens qui sont désormais mon peuple.

— Ne m'oblige pas à te forcer à m'obéir !

— Je ne pars pas avec vous, répéta Tahissia d'une voix plus forte. Vous ne pourrez pas m'y obliger.

— Sais-tu seulement ce que tu risques ? Réfléchis ma fille. L'ordre te bannira, tu seras une renégate et les quatre autres royaumes rejetteront Estébane, et toi avec. Tu ne seras plus rien, Tahissia, tu n'auras plus aucun pouvoir faé, car je te les ôterai sur le champ si tu refuses de me suivre. Aucun homme ne vaut ce sacrifice ! Une faée privée de ses pouvoirs ne survit pas longtemps, tu sais. C'est beaucoup trop dur pour elle. Tu finiras sans doute par te suicider.

— Je ne passerai pas le restant de ma vie confinée à Radek loin de l'homme que j'aime, mère Anitha, et c'est l'avenir qui m'attend si je rentre avec vous. Je sais que vous ne me permettrez jamais de revenir à Caromane.

À ce moment-là, Estébane pénétra dans la pièce. Kora avait envoyé un garde le prévenir dès l'arrivée de la mère faée, et il s'était précipité au palais. Anitha le toisa avec encore plus de dédain qu'elle n'en avait précédemment montré pour Tahissia et ne le salua même pas.

— Que se passe-t-il ? demanda-t-il d'une voix ferme malgré son visible essoufflement.

— Mon roi, je te présente mère Anitha de Radek, répondit Tahissia.

La mère faée ignora ostensiblement le roi, s'avança vers la jeune femme et reprit, comme si elle s'adressait à une enfant indocile.

— Va vite faire tes bagages, Tahissia. Nous partons immédiatement. Ne m'oblige pas à te corriger.

Estébane se redressa encore plus, ne montrant plus la moindre trace des hésitations qui étaient les siennes lors de l'arrivée de Tahissia à Caromane trois ans auparavant. Toute sa personne respirait désormais la noblesse et l'autorité.

— Mère Anitha, avec tout le respect que je porte à l'ordre faé de Radek, dit-il avec conviction, personne ici ne peut s'adresser de cette manière à la reine. Elle ne vous doit nulle obéissance.

— Elle me doit respect et soumission, et elle va partir avec moi, tempêta Anitha. Que vous le vouliez ou non. Croyez-vous que nous allons laisser sans réagir un petit roitelet s'approprier une sœur faée de Radek ? Ces temps-là sont révolus !

— Attention à vos paroles, menaça Estébane qui se tourna ensuite vers Tahissia pour l'interroger d'une voix douce. Souhaites-tu quitter Caromane, ma chérie ? Veux-tu aller passer quelque temps avec tes sœurs à Radek ? Si c'est ce que tu veux, je ne m'y opposerai pas, tu le sais.

— Non, Estébane. Ma place est auprès de toi, d'Anelise et d'Emma. Le grand conseil ne me laisserait pas repartir de Radek. Je reste ici, auprès de toi. Je t'aime.

— Espèce d'imbécile ! s'écria Anitha folle de rage. Tu as laissé un mâle, stupide et égoïste comme ils le sont tous, t'embobiner.

— Cela suffit, mère Anitha, rétorqua le roi. J'ai toléré votre impertinence par égard pour mon épouse, mais je vous ordonne de quitter immédiatement mon palais. Nul ne vient à Caromane pour injurier ses souverains.

— Tu n'es plus rien, Tahissia, gronda la faée avec un grand geste de la main en direction de la jeune femme. Pour toutes les faées, tu seras désormais « Tahissia-la-renégate » et toutes auront honte de toi. Je te retire tous tes pouvoirs !

Elle sembla grandir soudainement, ramena sa main en forme de serre vers elle comme si elle s'emparait de quelque chose, et la jeune femme se plia en deux de douleur avec un gémissement. Estébane s'agenouilla à ses côtés et ordonna d'une voix blanche à Anitha de quitter immédiatement les lieux, si elle ne voulait pas terminer sa vie dans les cachots du palais, quelles qu'en puissent être les conséquences. La faée se détourna avec un sourire cruel et quitta la pièce.

13

Tahissia, encore sous le choc, pleurait et hoquetait. Le sang s'était retiré de son visage et elle se sentait trop faible pour se relever et se tenir debout. Estébane la prit dans ses bras, couvrit son visage de baisers et l'aida à se lever et à s'approcher d'un fauteuil.

— C'est fini ma chérie, elle est partie. Elle ne te fera plus rien. As-tu encore mal ?

— C'est horrible ! Elle m'a tout pris. Je ne sens plus mes pouvoirs. Je ne suis plus rien, Estébane ! Je ne suis plus une faée. C'est épouvantable ! Il y a comme un grand vide en moi. Que vais-je devenir ?

Leurs regards s'accrochèrent l'un à l'autre. Celui de Tahissia, envahi par le désespoir ; celui d'Estébane ferme et résolu. Sans quitter son épouse des yeux, il sortit son couteau d'un geste rapide et s'entailla profondément la main. Le sang jaillit, maculant la robe de la jeune reine. Cette dernière poussa un cri de stupeur et sans réfléchir, par réflexe, elle posa immédiatement sa main sur la blessure pour mettre fin à l'écoulement vermillon.

— Tu es fou ! Pourquoi as-tu fais ça ? s'écria-t-elle.

Estébane la regarda en souriant.

— Pourquoi ? Regarde.

L'entaille, quoique profonde, était déjà en train de se refermer. Tahissia contempla la plaie sans comprendre, puis la lumière se fit soudain dans son esprit.

— J'ai toujours mes pouvoirs, murmura-t-elle. Rien n'a changé : je n'ai rien perdu de mon potentiel et je peux toujours guérir.

Son visage illuminé de joie avait retrouvé ses couleurs. Elle saisit Estébane par les épaules et continua d'une voix redevenue vigoureuse :

— Cette vieille folle malveillante et cruelle a voulu me faire croire qu'elle m'ôtait mes talents, mais ce n'était qu'une illusion. Elle a toujours été très forte pour manipuler les autres ! Sans toi, mon amour, je l'aurais crue, et j'aurais peut-être effectivement perdu à jamais mes capacités faées. C'est merveilleux !

— Tu es toujours une faée Tahissia, affirma le roi en caressant avec tendresse ses joues encore mouillées de larmes et ses cheveux, une faée renégate peut-être, mais tu es toujours la même. Et je t'aime.

C'est ainsi que la faée Tahissia, depuis peu reine du Vélène, devint « Tahissia-la-renégate », rejetée et honnie de tout l'ordre de Radek. La mère supérieure Mahalia en ressentit de la tristesse, mais les faées plus âgées ainsi que les membres du grand conseil se montrèrent intransigeantes.

Le conditionnement des novices fut renforcé et les formatrices ne manquèrent jamais de citer en exemple Tahissia et sa terrible punition pour mettre en garde les jeunes faées contre les perversions du monde extérieur et la perfidie des hommes. Aucune d'entre elles ne sut jamais que la jeune femme avait conservé toutes ses capacités faées.

L'année suivante Estébane et Tahissia eurent un fils. Lorsque la nouvelle en parvint à Radek, ce fut un nouveau scandale, car les faées ne donnaient jamais naissance à un mâle, mais la jeune reine voulait donner un héritier à son royaume et à son époux.

Le petit Steffen avait les cheveux bruns et les yeux bleu clair de Tahissia, mais surtout il eut très tôt dans le regard la même perspicacité qu'elle. Au grand étonnement de la jeune mère, l'enfant était aussi éveillé et précoce que l'aurait été une petite fille faée, et elle en conçut un doute au sujet du précepte, maintes fois répété à Radek, qui voulait que seules les femmes puissent être faées.

En grandissant, il se montra d'ailleurs intelligent, sensible, particulièrement avisé et son regard pénétrant semblait voir au-delà des êtres et sonder leur réalité profonde. Certes, il n'avait pas de pouvoir de guérison ou de divination, et il ne savait pas créer d'illusions, mais il savait toujours quand quelqu'un lui mentait et quand il pouvait ou non accorder toute sa confiance à une personne. Ces qualités lui furent par la suite très utiles quand il devint roi à son tour...

Hélas, Tahissia et Estébane ne purent avoir d'autres enfants : comme cela se produisait parfois, le sang du bébé avait contaminé celui de sa mère lors de l'accouchement, l'empêchant de mener à terme d'autres grossesses. Les faées connaissaient ce phénomène sans savoir le neutraliser. D'un commun accord, les parents décidèrent que Tahissia empêcherait dorénavant toute nouvelle conception grâce à son contrôle faé sur ses organes, et cela ne gâcha pas leur bonheur.

Steffen faisait leur joie ainsi qu'Anelise et Emma. Les fillettes qui n'avaient que neuf et six ans de plus que leur neveu firent bon accueil à ce petit garçon tellement débrouillard, et les trois enfants devinrent bientôt inséparables. L'amour qui unissait Estébane et Tahissia ne faiblit pas et ils gouvernèrent ensemble avec sagesse et discernement.

Mais en épousant Tahissia, Estébane n'avait pas seulement défié les faées. Il avait aussi contrevenu à l'accord tacite qui régissait depuis plusieurs centaines d'années les relations entre les royaumes énoriens, et entre ces derniers et les faées de Radek. Les autres royaumes d'Énora tinrent donc désormais le Vélène à distance.

Cinq ans plus tard, Caraben succéda à son père Gunnar sur le trône du Nalimastan, et se montra encore plus expansionniste que ce dernier, prenant prétexte du « mariage contrenature d'Estébane » pour multiplier les incursions de ses armées dans l'ouest du Vélène et déclencher une guerre. Tahissia mena les armées au côté de son époux, et ils parvinrent à repousser l'envahisseur, mais il leur fallut toujours maintenir des garnisons sur la frontière pour contenir leur bouillant voisin et éviter qu'il n'annexe les régions proches du Nalimastan.

14

Quand Anelise eut dix-huit ans, les rois du Madistan, du Nord et du Paristan qui avaient tous trois des fils en âge de se marier refusèrent toute union avec la famille régnante de Caromane, les deux premiers pour préserver leurs bonnes relations avec Radek et sa mère supérieure, et le dernier par méfiance envers les « sorcières faées ». Dix ans plus tard, Estébane essuya un nouveau refus lorsqu'il demanda en mariage pour Steffen la fille de Caraben. Il avait pourtant espéré pouvoir ainsi mettre fin au conflit opposant leurs deux royaumes.

— Ma chère fille Albarande n'épousera pas le rejeton d'une sorcière renégate ! fut la réponse brutale de Caraben.

La double prédiction de mère Anitha se réalisa donc : Tahissia devint une renégate pour l'ordre faé, et les quatre autres monarques énoriens rejetèrent les souverains vélèniens. Mais Tahissia ne regretta jamais sa décision. Estébane l'aimait et elle aimait Estébane. Les Vélèniens chérissaient leur roi et leur reine, et il leur était totalement indifférent que Radek et les autres royaumes les critiquent.

À défaut de faire des mariages royaux, Anelise et Emma épousèrent deux frères, deux jeunes nobles vélèniens, dont les domaines voisins se trouvaient dans le nord du royaume, et elles partirent y vivre, parfaitement heureuses de ne pas se séparer et d'avoir des époux aimants, ce qui leur semblait plus important que de devenir reines.

Quand à Steffen, il se maria avec la fille d'un petit noble vélènien dont il était tombé amoureux lors d'un bal à la cour de Caromane. Lui aussi fit donc un mariage d'amour et ne regretta jamais de ne pas avoir épousé Albarande, surtout lorsque celle-ci commença à donner des signes de démence après son accession au trône, ce qui lui valut le surnom de « reine-folle ».

Deux ans après le mariage de Steffen, Estébane lui laissa la couronne. Il n'avait alors que quarante-cinq ans, mais il appréciait énormément les grandes qualités de son fils, et il pensait que celui-ci serait un souverain éventuellement plus acceptable que lui pour les autres rois. Cela se révéla faux et le Vélène continua à être tenu à l'écart par le reste du continent énorien, mais Steffen gouverna le pays avec une grande sagesse et Estébane – qui était devenu roi si tôt – put ainsi passer du temps à profiter de la vie avec Tahissia, sans trop se préoccuper de la gestion du royaume.

Steffen régna longtemps avec son épouse Palmina, qui lui donna trois filles et un fils. Tahissia, la faée renégate, et son amour Estébane, vieillirent, entourés de leurs petits-enfants : Maria, Sigfried, Méliane et Rosanne.

À cinquante-neuf ans, Tahissia subit la première attaque de la maladie cardiaque qui devait l'emporter l'année suivante. Elle passa plusieurs décades à se reposer, dorlotée par ses proches que sa faiblesse et la fulgurance de la crise inquiétaient.

Assise dans un fauteuil confortable qu'Estébane lui avait installé en haut de la grève, ses jambes allongées sur un tabouret et recouvertes d'une douce couverture, elle somnolait, bercée par le murmure de l'océan, ou regardait ses quatre petits-enfants jouer sur la plage avec quelques compagnes et compagnons de leur âge.

Un jour, en fin d'après-midi, Steffen vint la rejoindre. Le soleil printanier jouait sur les vagues et caressait le visage de l'ancienne reine, dont les cheveux bruns étaient désormais largement striés de blanc. Par contre, ses yeux bleu clair n'avaient rien perdu de leur éclat. Ils pétillèrent de plaisir et elle sourit en voyant son fils s'approcher. Il s'installa près d'elle et lui prit la main.

— Mère, dit-il finalement, cette maladie de cœur, ne peux-tu la guérir ?

Tahissia rit, d'un rire léger et infiniment jeune.

— Ton père m'a posé la même question, Steffen, et je te ferai la même réponse qu'à lui. Non, je ne peux guérir quels que soient mes pouvoirs. La prochaine attaque me tuera peut-être, ou la suivante et je n'y peux rien. Les faées ne sont pas toutes-puissantes. Mais je n'ai aucun regret. J'ai vécu une vie pleine et heureuse. J'ai traversé tout le continent pour venir ici et j'ai aimé Caromane plus que tout autre lieu. J'y ai trouvé l'affection d'Anelise et d'Emma, et surtout j'y ai rencontré l'amour de ma vie et je l'ai épousé. J'ai aimé les Vélèniens et je suis contente d'avoir été leur reine. Et puis je t'ai eu toi, mon cher Steffen, et ces quatre magnifiques petits-enfants qui m'émerveillent chaque jour. Je suis heureuse. Alors, si ma vie doit se terminer, ce sera sans aucun regret. Nul ne peut vivre éternellement.

— Tu me manqueras, soupira Steffen. Et tu manqueras aux enfants, surtout à Maria qui est la plus proche de toi.

— Bien sûr. Mais vous me garderez dans votre cœur. Une partie de moi continuera à vivre à travers vous. Et puis, je ne suis pas encore morte ! continua-t-elle joyeusement.

Steffen rit, serra plus fort la main de sa mère et ils restèrent tous les deux à contempler l'océan et la plage où les enfants s'activaient. Maria et Sigfried, les deux ainés, menaient la petite bande.

— Sigfried me succèdera un jour, murmura Steffen. Mais

le Vélène est isolé. Ce sera un problème quand ils seront en âge de se marier.

— Regrettes-tu de n'avoir pas épousé Albarande ? demanda Tahissia, une lueur malicieuse au coin des yeux.

— Par les profondeurs de l'océan ! Non ! s'exclama Steffen. Cette folle ? J'aime Palmina et je n'aurais pas souhaité avoir une autre compagne qu'elle, fut-ce une princesse !

Le sourire de Tahissia s'accentua.

— Ne t'inquiète pas pour tes enfants, Steffen. Laisse-les suivre leur cœur et choisir leur conjoint en toute liberté comme tu l'as fait. Surtout Maria. Elle est la clé de l'avenir des autres.

— Tu as vu quelque chose la concernant ? s'inquiéta Steffen.

Tahissia avait la capacité de précognition et il lui arrivait parfois d'entrevoir l'avenir. Les images et les impressions manquaient de précision et elle avait appris lors de sa formation faée que les intuitions concernant le futur ne se réalisaient pas toujours. Aussi restait-elle discrète à ce sujet et, si elle en avait parlé à son fils, elle lui avait précisé que chaque être gardait son libre arbitre par rapport à sa destinée.

— Peut-être... consentit-elle à répondre. Rien n'est jamais sûr, tu le sais. Mais souviens-toi de cela : Maria doit faire un mariage d'amour.

— Mais... voulut insister Steffen.

— Chut. Laisse-moi me reposer maintenant. Rentre au palais et dit à ton père de me rejoindre. J'ai envie que nous regardions ensemble le soleil se coucher.

Petite remarque sur l'emploi de l'orthographe rectifiée :

Une à deux fois par siècle, l'Académie Française (créée par Richelieu en 1635) propose des modifications visant à dépoussiérer notre orthographe. Résultat : nous n'écrivons plus comme La Fontaine, Ronsard ou même Victor Hugo.

La dernière réforme date de 1990. Les rectifications alors proposées ont supprimé certaines anomalies ou incohérences. Mais, même si l'orthographe rectifiée est devenue la référence officielle en 2008, il faut du temps avant qu'une réforme n'entre dans les mœurs. Les deux orthographes de certains mots coexistent encore dans de nombreuses publications et ne sont pas considérées comme des « fautes ». Cela peut toutefois occasionner des interrogations chez les lectrices et les lecteurs.

J'emploie l'orthographe rectifiée.

Dans « Tahissia, la faée renégate » vous avez donc pu lire : ile, disparaitre, bucher, connaitre, bruler, surement, diner, gouter, ragout et entrainement sans accent circonflexe sur le u ou le i. L'Académie a en effet supprimé l'accent circonflexe sur le i et le u dans les cas où il ne joue aucun rôle phonétique et où son emploi n'est pas justifié par l'étymologie. Il est par contre conservé quand il y a un risque de confusion (comme entre jeune et jeûne, mur et mûr ou sur et sûr).

Vous avez aussi pu voir contrenature en un seul mot car la soudure est devenue la règle pour les mots composés de contre, entre, extra, intra et ultra. J'ai également écrit renouvèlement et interpeler, et non plus renouvellement et interpeller, car tous les verbes qui se conjuguent sur le modèle de peler s'écrivent désormais de la même manière, avec un seul l, ce qui supprime des exceptions.

Et enfin vous avez peut-être remarqué corole avec un seul l car tous les mots anciennement en olle s'écrivent désormais avec une consonne simple à l'exception de colle, folle et molle.

Comme vous le voyez, cela ne concerne que peu de mots et peut-être ne les avez-vous même pas remarqués !

Pour plus de détails sur l'orthographe et ses réformes, je vous donne rendez-vous sur mon site Internet où j'aborde ces questions dans mon article « J'emploie l'orthographe rectifiée » sous l'onglet « Réflexions ».

CATHERINE LAMOUR
1 Le Rideray – 53370 – SAINT-PIERRE-DES-NIDS

Dépôt légal : juillet 2019

www.ingramcontent.com/pod-product-compliance
Ingram Content Group UK Ltd.
Pitfield, Milton Keynes, MK11 3LW, UK
UKHW022011260726
13994UKWH00006B/2420